Collana di *Perle*

Fotolito: Fotoriproduzioni Grafiche E. Beverari, Verona
Stampa: Grafiche Seven S.p.A., Verona
Legatoria: Zanardi Editoriale S.p.A., Padova

LA BAMBINA BIANCA

Un racconto di Maria Vago
illustrato da Nicoletta Ceccoli

Edizioni Arka

Il sole splende sulla terra degli indiani Sioux. Nocciolina scivola
sul lago ghiacciato leggera come una piuma e veloce
come una lepre.
I suoi pattini di legno disegnano sul ghiaccio fantastiche figure.
«Che bello! Che bello!» dice, e intanto si sposta sempre più verso
il centro del lago, dove il ghiaccio è liscio, ma fragile e sottile.

CRACK!
Improvvisamente il ghiaccio si apre
sotto i suoi piedi. Nocciolina lancia
un grido e scompare sott'acqua.
Cade e cade e cade…

Finalmente raggiunge il fondo.
«Ehi!» dice. «Posso respirare!».
Si guarda in giro incuriosita:
attorno a lei ci sono prati di ghiaccio,
cespugli di ghiaccio
e fiori di ghiaccio.
Un sentiero di ghiaccio
porta a una tenda di ghiaccio.
Nocciolina decide di raggiungerla
perché ha un gran freddo
lì sotto, e perché si sente sola
e ha anche un po' paura.

Si toglie i pattini e se li lega alla cintura.
Nocciolina cammina in fretta.
«Magari c'è qualcuno nella tenda» pensa.

Infatti nella tenda c'è una bambina bellissima, seduta
su un mucchio di bianche pellicce. Anche i suoi abiti
sono bianchi, e i capelli intrecciati con perline luccicanti.
«Ciao» la saluta Nocciolina. Ma l'altra non le risponde.
«Vieni subito qui» le ordina invece, «e gioca con me!».
Nocciolina si avvicina e vede tante bambole di pezza, trottole
a sonagli e tutti i giochi che una piccola indiana sogna di avere.

Al vederli le brillano gli occhi.
«Sì, giochiamo» esclama, «i tuoi giochi sono così belli!».
«Sono miei» dice la Bambina Bianca, «non toccarli».
Nocciolina rimane a guardarla mentre pettina le bambole
e lancia la trottola.
Ma la Bambina Bianca si annoia presto.
«Adesso andiamo a giocare fuori» dice.

Fuori fanno a gara a chi nuota più veloce, ma la Bambina Bianca
parte prima.
Quando poi giocano a nascondino la Bambina Bianca non chiude
gli occhi e imbroglia a fare la conta.
Nocciolina è molto arrabbiata.
«Non vale. Me ne vado» dice.
«No, non andartene» ordina la Bambina Bianca, «adesso è ora
di fare merenda».

Nocciolina è arrabbiata, ma è anche molto golosa.
«Va bene» dice, e segue la Bambina Bianca sotto la tenda
fino a un grande tappeto. Sul tappeto ci sono tutte le cose buone
che una bambina indiana sogna di mangiare.
Nocciolina fa per prendere una frittella, ma la Bambina Bianca
gliela toglie di mano.
La Bambina Bianca mangia e mangia e a Nocciolina non lascia
nemmeno un po' di miele.

Allora Nocciolina
scappa via
dalla tenda di ghiaccio.
Vuole tornare a casa,
ma il sentiero
è scomparso
e l'erba di ghiaccio
è cresciuta fino
a formare
una fitta foresta
di bianche betulle
di ghiaccio.

A un tratto si accorge
che i pattini di legno
non sono più legati
alla sua cintura.
Le si riempiono
gli occhi di lacrime.
Il nonno
li aveva intagliati
per lei nel legno
più duro,
e vi aveva anche inciso
due piccole nocciole.

Si mette a cercarli
tra gli alberi
di ghiaccio,
i fiori di ghiaccio
e i cespugli
di ghiaccio.
Fruga dappertutto,
ma non li ritrova.

«Di sicuro
se li è presi
la Bambina Bianca!
Non è giusto,
perché lei
ha già tanti
bellissimi giochi.
Adesso vado
a riprendermeli!»
dice tra sé,
e si incammina
decisa verso la tenda
di ghiaccio.

La Bambina Bianca ha allacciato i pattini ai morbidi mocassini
e sta provando a scivolare sul liscio fondo ghiacciato.
«Rivoglio i pattini. Sono miei!» grida Nocciolina.
«Non è vero! Tutto quello che si trova in fondo al lago
mi appartiene» risponde la Bambina Bianca.

Non è molto brava a pattinare, anzi. Subito inciampa e cade.
Tenta di rimettersi in piedi, ma cade di nuovo.
Nocciolina ride divertita.
La Bambina Bianca invece scoppia a piangere.

Nocciolina allora pensa che deve essere
triste vivere tutta sola in fondo al lago,
così l'aiuta a rialzarsi.
«Vieni» le dice, «ti mostro io come si fa.
È facile».
La Bambina Bianca scivola sul ghiaccio,
prima impacciata e timorosa,
poi sempre più sicura.
Ora non smetterebbe più di pattinare,
tanto lo trova divertente.
Quando è proprio stanca si toglie
i pattini e li ridà a Nocciolina.
«Grazie» sussurra.
«Tienili» le dice Nocciolina, «te li regalo».
La Bambina Bianca la guarda incredula.
«Te li regalo» ripete Nocciolina.
«Tu non potrai più pattinare» osserva
la Bambina Bianca.
«Chiederò a mio nonno di intagliarne
per me un altro paio» dice Nocciolina.
«Ma adesso voglio tornare a casa
e non so come fare».

«C'è un pescatore che fa tutti i giorni un buco nel ghiaccio.
Lui ti aiuterà» la rassicura la Bambina Bianca,
e l'accompagna attraverso i cespugli di ghiaccio.

Ecco finalmente, lassù, il buco nel ghiaccio.
Vicino al buco c'è qualcuno. È un indiano Sioux.
L'indiano sta legando un pezzo di grasso
a una lunga corda.
La corda con l'esca scende lentamente.
Nocciolina l'afferra e dà uno strattone.
Subito si sente tirata verso l'alto, verso il sole.
«E tu che pesce sei?» chiede l'indiano a Nocciolina,
guardandola stupito.
«Non sono un pesce, sono la figlia di Alce zoppo».
«Ah…». L'indiano è deluso. Pensava di aver preso
un grosso pesce.
«Le bambine non dovrebbero andare in fondo al lago
a spaventare i pesci» borbotta il pescatore e cala
di nuovo la lenza, mentre Nocciolina corre verso
il villaggio.

Nella grande tenda dello sciamano c'è spazio per tutti.
Gli anziani, seduti intorno al fuoco, raccontano antiche storie.
Nocciolina racconta la sua avventura ai bambini del villaggio.
Brezza del Mattino, Piccolo Luccio e Luna Calante l'ascoltano
un po' increduli. Allora Nocciolina propone: «Venite tutti con me,
venite a vedere il punto in cui il ghiaccio ha ceduto».

I bambini escono silenziosi nella notte fredda
e corrono veloci fino al lago.
«Proprio là in mezzo» spiega Nocciolina.

Ma c'è qualcosa sul lago ghiacciato!
Nocciolina e i suoi amici si avvicinano cauti.
«Oh!».
Tanti pattini d'argento brillano alla luce della luna.
Ce n'è un paio per ogni bambino del villaggio.
«Sono bellissimi!».
«Ma chi ce li ha messi?».
I piccoli indiani rimangono a guardarli incantati.
Nocciolina ha capito.
«È un regalo della Bambina Bianca» dice.

Il mattino dopo, non appena il sole sorge
all'orizzonte, i bambini si infilano i pattini
d'argento e scivolano sul lago ghiacciato.
Gridano, ridono e si divertono un mondo.

Anche la Bambina Bianca pattina.
Ha imparato bene e ormai non cade più.
Nocciolina chiude gli occhi e sente le sue risate
che salgono a mescolarsi a quelle
dei piccoli indiani che pattinano sul ghiaccio.